진부령 황태집에서

실천문학 시인선 053
진부령 황태집에서

2022년 4월 30일 1판 1쇄 인쇄
2022년 4월 30일 1판 1쇄 펴냄

지은이	강태근
발행인·편집장	윤한룡
편집	박은영
디자인	윤려하
관리·영업	이소연

펴낸곳	(주)실천문학
등록	10-1221호(1995.10.26)
주소	남양주시 퇴계원읍 퇴계원로 52 405호
전화	02-322-2161~3
팩스	02-322-2166
홈페이지	www.silcheon.com

실천문학 시인선 053

진부령 황태집에서

강태근 시집

실천문학사

제1부

제2부

제3부

제4부

제1부

바람 부는 날

이승에서 다시는
허망한 집 짓지 말자고
혀 깨물었는데

어느새 내 가슴 속
둥지 튼 당신

바람 부는 날
오늘도 불면의 밤이네

단청

천 년 그리움의 나이테를 돌아

내 가슴 속

낮달로 뜬 당신

고운 아미에 내리는 저 노을 어쩌나

단청이나 할 수밖에

낙수 2제 落穗 二題
—문우 호승의 시집을 읽다가

그래도 쓸쓸한 날엔

쓸쓸함은 또 다른
사람의 이름이다

누구나 평생을 건너도
다 건너지 못하는
외로움의 바다가 하나씩은 있다

그래도 쓸쓸한 날은
빈 가슴의 처마 끝에
풍경을 달고
기다릴 수 없는 기다림을 기다리자

다시 수선화에게

이제 떠나자, 수선화야
고단한 새들의 단잠 깨울세라
종소리도 숨죽여 우는
산사는 이제 산새들에게 주고
외로운 산 그림자들 호롱불 켜고
오순도순 정담 나누게 하고
사랑의 모음만 모아 종 울리는
양지바른 먼 마을로 떠나자

남은 생 거기서 아름답게 흔들리다가
황혼 곱게 접어 서랍에 넣고
예쁜 마침표 찍고
이쁜 뒷모습 보이며
홀로 제 그림자를 끌고

피안의 언덕을 넘자

지난 계절 고마웠던 벗에게
당신이 옆에 있어 행복했노라고
아쉬운 작별 나누고
남은 겨울의 춥고 음습한 계곡을 빠져나가자

겨울은 언제나 봄을 앞세우고 오는 것
여물지 못한
겸손한 수줍음과
찬란한 슬픔
견고한 고독일랑
새봄에 다시금 씨로 뿌리자

진부령 황태집에서

마음은 춥고
기다리는 사랑은 배달되지 않은 날
진눈깨비나 맞으며
진부령 황태 집으로 가라

어둠이 짙어가는 진부령 황태 집 창가에 앉아
대책 없이 쏟아지는 눈발을 바라보며
황태탕에 소주 한 병 시켜놓고
마지막 열차를 기다리듯
남은 사랑을 기다려라

창밖의 눈발은 싸락눈으로 변해
싸락싸락 내리고
지상은 주님의 은총으로
마음 따뜻해지고 좀 넉넉해졌을 때
황태에게 물어보아라
생은 왜 이렇게 추운 날이 많으냐고

황태는 대답할 것이다
예수처럼 죄 없이 덕장에 매달려 있다가
질긴 인연으로 너의 밥이 된 황태는
염화시중의 미소를 지으며 대답할 것이다

씨잘 데 없는 노가리 까지 말고
어서 뜨거운 국물이나 마셔라
이는 너를 위하여 흘린 내 피니라
어서 살점이나 뜯어먹고 기운 차려라
이는 너를 위하여 내어주는 내 몸이니라

그렇다 이제는 너도 남은 사랑을 위해
아주 진부령 황태가 되어야 한다

적막한 한낮

잃어버린 오르가즘을 찾아
허기진 반달
희미하게 떠 있고

흘러가는 시간의 강물 위에
아픈 이름을 써 본다
그리움이라고 써 본다

수면 위로
떠올랐다가 잠겼다가
자맥질하는 슬픈 사랑

자탄

천사에게 체중이 없듯이

영혼에게도 무게가 없네

사랑 또한 그런 것이거늘

프로메테우스의 베틀

허망한 시간의 바다에

애증의 그물을 던지고 있는 그대여

이제 남루를 벗고

빛나는 알몸으로 오라

소금을 씻어 먹는 시간

심장에서 뽑아낸 실로

나는 오늘도 너에게 입힐

옷 한 벌 짜고 있다

첫사랑

아직도 나는

그대의 오지를 향해

떠나고 있네

이승에서의 하룻밤

이제 떠나자
천년 사랑을 수놓을 오색실과
주린 그리움을 채울 주발만 달랑 챙겨
훠이훠이 떠나자

길을 가다가
학이 외다리로 서서 영원을 향하고 있는 먼 마을
애증을 내려놓고
사랑과 용서와 배려의 띠 풀로 초막을 짓자

낮에는 텃밭에 청빈의 푸른 푸성귀를 심고
밤이면 그대 고향의 갯벌처럼
별이 내려와 장이 서는 마당에서
사랑의 수를 놓는 그대
무릎에 누워
하늘님과 영원을 흥정하자

생은 낯선 여인숙에서의 하룻밤 같은 것이라지만

토막잠이면 어떠랴

가을은 비에 젖고

추적추적
가을은 비에 젖고
황량한 빈 하늘 가
철새들은 길 떠나고

그리움의 잔 들어
바닥을 보니
씻겨 나가지 않은 앙금
얼룩이냐고
상처냐고 물었더니
발효를 기다리고 있는
누룩이라네

사랑은 그렇게
마디게 익어야 하는 것을!

밥

평생을 퍼먹고도

허기를 졸업하지 못한 밥상

사랑 한 숟갈에

이렇게 배부를 줄이야

허어, 내 차암……

길에서

길에서 당신을 이별하고
길을 찾아 헤매다가
이별할 수 없는 나를 만났네

지구의 어디쯤에서
오늘 밤도
상심한 별들은
이별할 수 없는 저를 쓰다듬고 있겠지

실종

네가 사라진 후

해와 달은 뜨고 지고

봄 여름 가을 겨울

사계는 순환을 계속하고

어제를 지우고

새로운 오늘을 만들고

내일을 예비하고

그래도 비통의 시간은

그냥 그 계절

그곳에 머물고 있네

꿈속의 꿈

가슴속 그리움의 별 뜨고

마실 갔던 달

실눈 뜨고 고개를 넘는데

먼 산 부엉이가 우네

당신은 아직도

다 읽지 못한 러브레터

이제 이런 사랑을

우리 사랑의 강기슭엔
나룻배를 하나 매어 놓자

아름답게 머물다 갈 수 있는
예고 없이 찾아와
영혼을 흔들고 떠나는 종소리처럼

마주 보고 함께 하되
항상 아름다운
공존의 거리를 허락하자

하나의 음악을 연주하는
외로운 기타 줄처럼

한 가지에 황홀하게 피었다가
아름답게 지는 이별처럼
이제 우리 사랑은

제2부

조춘早春

인동초 신열 앓는
겨울 끝자락

아야, 아야……

처녀막 찢기는
대지의 신음

섬

다산 초당에 가 보면 안다
왜 백련사 범종 소리가
고개를 넘어와
초당 앞에서
귀 기울이다가 가는지를
왜 오동도 동백향이
먼 길을 달려와
초당 앞 동백 숲에서
동안거를 하고 가는지를
왜 사람이 때로는
외로운 섬이 되어야 하는지를

이중섭

채색 끝내지 못한 혹한의 하늘

아직도 한겨울인데

때 아닌 황사 비

못다 흘린 그대 피눈물인가

동심

천국을

살짝 엿보는 것

첫사랑처럼

꽃도 지고 마음도 지고

시나브로 벚꽃 지던 날

꽃그늘 속 지나며

눈 화살 쏘아 대던 여인

누구였더라

아, 그 여자

꽃만 지나 마음도 지지

향기 없는 사랑은

더 빨리 더 그렇게

새해 아침에

올해도 이렇게 살게 하소서.
먼저 저희가 누구인가를 알게 하소서.
육신의 형상에 집착하지 말게 하소서.
이른 아침에 피어올랐다가
때가 이르면 자취도 없이 사라지는
안개와 같이 허망한 육신이
저희의 본체가 아님을 깨닫게 하소서.

지혜의 눈을 주시옵소서.
진실한 것은 오직 마음의 눈으로만 볼 수 있다는 것을 깨
닫고
마음의 시력을 높이는 데 힘쓰게 하소서.
무릇 지킬 만한 것보다
더욱 저희 마음을 지키게 하시고
삼계의 법계가 이에서 남이라 하신 뜻을 알게 하소서.

탐욕에 흔들리지 말게 하소서.

이 세상 어느 것도 영원히 내 것이 될 수 없고
잠시 빌렸다가 돌려주고 가는 것임을 알게 하소서.
어떤 슬픔이나 고난이나 기쁨이 닥쳐와도
왔다가 곧 사라지는 것이니 집착하지 말게 하소서.

나누고 베푸는 삶을 살게 하소서.
가난한 마음으로 이웃을 배려하고 나누는 삶이
당신께 이르는 길임을 알게 하소서.
사랑과 용서와 나눔이 바로 위대한 종교요
당신의 참 형상임을 깨닫게 하소서.

진실로 진실로, 저희 자신을 사랑하게 하소서.
이 세상 어느 무엇보다 가장 소중한 존재가
자신임을 알게 하소서.
내가 문을 닫으면 바로 그것이
우주가 문을 닫는 것임을 깨닫게 하소서.
나를 올곧게 지키고 사랑하는 것이 바로

저희를 건지러 오신 당신의 뜻임을 알게 하소서.
나를 진실로 사랑하는 자라야
남도 참되게 사랑할 수 있다는 것을 깨우쳐 주소서.

지금 이 순간에 최선을 다하는 삶을 살게 하소서,
순간 속에 영원이 있고 영원 속에 순간이 있으니
모든 것이 찰나에서 시작된 것임을 알게 하소서.
그리하여 지금 마주하고 있는 사람이 가장 소중한 사람이고
지금 하고 있는 일이 가장 중요한 일임을 깨달아
순간순간마다 최선을 다하는 삶을 살게 하소서.

그렇고 그런 날들

살아온 날들을 탈곡하니
쭉정이가 더 많다

멀고 먼 여정 끝에 회귀한
연어 한 마리

석양에 누워
파도에 할퀸 상처 쓰다듬고 있네

샛별 기다릴 수 있어
행복한 저녁

역마살

세상은 안개 자욱하고
마음은 황사 바람 일고

장사익의 찔레꽃 소리 흘러나오는
선운사 주막에 들러

이 봄도 신열 앓고 있을
동백꽃 안부나 물으러 갈거나

박꽃

달밤에 더욱 외로운 당신
드릴 수 있는 게
순백의 마음밖에 없네요

마음은 팔 수도 없고 살 수도 없지만
줄 수는 있는 보배

당신이 그냥 좋아
하얗게 웃네요

호박꽃

양귀비, 도화, 매화, 산나리꽃……
화려한 꽃 찾아
한 생을 한눈팔고 다니더니

이제 와서야 임자만큼
푸짐하고 예쁜 꽃 없다구요
더는 안 속아요

육신 허물어지니까
여독 푸는 데는
늙은 호박이 제일이라는 속셈
다 알아요

그래도 어쩌겠어요
더 속아줄 시간도 얼마 남지 않았는데

복사꽃

연분홍 치맛자락 휘날리며

교태 흘리는 달밤

네 윙크에

나, 속절없이 무너졌지

민들레

민들민들 민들레야

빈들빈들 떠돌아다니다가

왜 왔니? 왜 돌아왔니?

거봐라, 행복은

먼 데 있는 게 아니지

다짐

모진 세월 지나고
철들어
다 버린 줄 알았더니
다시 쌓이는 욕심

안락의자에
오래 앉아 있을 일 아니네

해 더 저물기 전에
버릴 건 빨리 버려야지

본능의 경제학 원론

빈 주머니만 만지작거리고
또 만지작거리는
남자

손거울 꺼내 들고
화장 고치고 또 고치고
마음 고쳐먹는
여자

수담手談

한 수 물려달라고?

뭔 소리여, 그게!

일수불퇴, 인생살이와 똑같아

일 초의 시간인들 되돌릴 수 있으면 되돌려봐

일 초 전의 시간이나

흘러간 수십만 년 전의 시간이나

다시 돌아오지 않고

되돌릴 수 없다는 걸

아직도 못 깨달았남!

왜 죽었냐고?

막무가내로 남을 해코지하려고 하면

지가 먼저 당한다는 거

아직도 못 깨달은 거야?

아생연후살타我生然後殺他, 점잖게

저 살 궁리부터 먼저 해야지

왜 대마 잡고도 지게 되었냐고?
전체적인 대세를 볼 줄 알아야지
고수가 되려면
폐석을 버릴 줄 알아야지
뒤주 안에 갇혀 죽은
사도세자를 두고 말야
영조를 비정한 아버지라고 탓하지만 말야
누가 제일 가슴 아팠겠어?

죽은 바둑알이
다시 살아날 줄 몰랐다고?
인생 만사 새옹지마라잖아
음지가 양지 되고
양지가 음지 되는 거 몰라?
남보다 살림살이가
넉넉하고 지위가 높다고
으스대다가 나중에

큰코다치는 거 많이 봤잖아
성동격서, 역지사지!
안 당하려면
반대편 진영도 살펴봐야지

대마를 몰살시킬 수 있었는데
왜 헛수를 두어
되레 만방을 당했냐고?
즉답은 피하고 내 한마디 하지
자네 해인사에
사명대사 송덕비 있는 거 알지?
일제강점기 때 말야
합천경찰서 일인 서장이 말야
일본에서 내로라하는
바둑의 고수였어
어느 날 일인 서장이
합천에서 제일가는 조선인 고수가

누구냐고 묻고 한판 붙게 됐어

그런데 조선인 고수가

일인 서장보다 한참 더 고수였어

일인 서장의 바둑알이

몰리다가 대마가 다 죽게 되었는데

조선인 고수가 마지막 한 수를

엉뚱한 곳에 놓자

일인 서장의 바둑알이 다 살아나고 조선인 고수가 되레

만방을 당했어

이상해서 물었지, 일인 서장이!

왜 최하수도 안 두는 헛수를 둬 바둑을 그르쳤냐고

조선인 고수가 의미심장하게 대답했어

조선 사람은 궁지에 내몰려

살려고 발버둥 치는 생명을

끝까지 잔인하게 죽이지 않는다고

포악하고 잔혹하기로 악명이 높았던

일인 서장은 그 말을 듣고 말야

조선의 기를 끊는다고

사명대사 비를 깨뜨리다가

더 이상 훼손하지 않았다고 하더군

그려유? 성님한티 그런 깊은 뜻이

있는 줄은 증말 몰랐네유

바둑은 역시 수담이라니께유!

제3부

정류장에서

당신을 떠나보내고
놓쳐버린 막차이듯
조각난 시간의 사금파리들을
하염없이 바라본다

잴 수도 나눌 수도 없는
시간의 눈금

어제는 오늘의 추억
내일은 오늘의 꿈
시간은 다만
가는 것도 오는 것도 없는
오늘의 정류장일 뿐

귀로에서

한 생을 건너고도
다 건너지 못한
마음의 바다

한 생을 오르고도
다 오르지 못한
마음의 산

아직도 더 넓은 바다
더 높은 산
네 안에, 내 안에 있네

만세 선인장

사랑스럽다고 쓰다듬다가
제 어깨를 부러뜨린 당신

슬퍼하지 말아요
언제까지나 만세를 부르며
살 수 없다는 걸
알고 있었어요 진즉

영원할 수 있는 것은
아무것도 없는데
영원히 사랑하겠다고 속삭이던 당신

너무 슬퍼하지 말아요
언젠가는 제 상처에서
향내를 맡을 수 있을 거예요

낙엽을 태우며

한때 찬란했던 꽃이여, 사랑이여
이제 지난 계절은 잊기로 한다

여기, 천둥과 먹구름 속에
생이 더 단단해져
완숙한 사랑의 지문으로 누워 있는
낙엽들을 보아라

온 산야에 누운 홍엽은
떨어져 추하게 시드는
봄꽃보다 오히려 아름답지 않은가

흘린 사랑의 음표를 줍듯
낙엽을 쓸어 모아 불을 지핀다
소천하는 아름다운 넋에 향을 사른다

역驛

황혼 열차는 이미
전 역을 출발했다
마지막 무대의 막이 내려지듯
도시는 어둠에 잠기고
시그널이 깜박깜박
떠나야 할 시간을 알리고 있다

눈이 내리고, 꽃이 피고,
무성한 잎잎, 낙엽이 지고
계절은 다시 순환을 계속할 것이지만
가슴 저린 사랑마저도
희미한 애증의 그림자로 남을 뿐
이 도시의 시간은 이제
너의 것이 아니다

너의 의지와 상관없이
배달되어온 우편물처럼

너는 이제 섭리가 붙여주는 우표대로
또 어딘가로 떠나야 하는 것이다

형상은 언젠가 사라지는 것
사랑했던 이들의 가슴 속에
너도 그리움의 별로나 떠올라라

집

세파의 폭우에
집을 떠내려 보낸 후
속죄하는 마음으로
마음의 집을 짓고
잠적한 아내에게
다시 함께 둥지를 틀자고 했더니
헛소리 하지 말고
숨겨 놓은 날개옷이나 달라네

세월의 고개를
서른 개도 더 넘었는데
끝이 어디인지 몰라
두렵기만 한 마음의 산

그대와 나 이제
마음의 집에서는
더 함께 살 수 없는

쓸쓸함이여!

적막함이여!

혀를 깨물어

흐르는 피를

술 한 잔에 타서 마시며

그래도 덧없는 삶과

쬐끔은 더

눈을 맞춰보자고

헝클어진 마음에 빗질을 하네

부처님! 하느님!

하느님! 부처님!

내 마음의 집에 거하시는

같은 이름의 아름다운 분이시여!

다시는 이승에서

허망한 집 짓지 않기로 했으니
아름답게 흔들리다가
부끄럽지 않게 흔들리다가
구천을 헤매는
갈 곳 없는 영혼들이 쉬어 갈
집 한 칸으로나 남게 하소서

하니를 묻고

만산홍엽이
질긴 인연의 옷을 벗는 아침
더 질긴 업의 멍에를 벗었구나

아픈 세월과 함께
너를 묻는다

다시는 이승에 오지 말거라
천상을 지키는
아름다운 목소리로나 떠돌거라

* 해직 교수 시절 진돗개 '바우'와 골드리트리버 '하니'를 데리고 떠돌아
다니던 어느 날, '하니'의 주검을 묻으며 짓다

꽃이 지는 것은

일찍 찾아온 마지막 계절이
창밖에서 헛기침하고 있을 때

아직은 아니라고
구절초들이 남은 향기를
다 토해낼 때까지
조금 더 기다려달라고 하지 마라

오고 감은
영원의 순환일 뿐

보았지 않았느냐
봄이 다 가지 않았는데도
지난 봄, 무심히 지는 꽃들의, 그 찬란한

다산 초당에서

눈물은 얼마나

단련되어야

사리가 될까

피 울음 동안거 끝내고

서역으로 간

구관조는 알지

불립문자不立文字

벗겨도 벗겨도 드러나지 않는
허망한 말의 속살

무심의 눈을 뜨니
이제 조금 얼비치네

귀천

운주사 와불 속에 숨겨 놓은 사랑

바랑에 챙겨 넣고

서녘으로 가는 호랑나비 한 마리

수미산도 일어나

겨자씨 속으로 들어가네

무애원* 송頌

허망한 말잔치에
귀먹고 눈먼 이여
어서 오시게

진리에 목마르고
고단한 삶에 지친이여
마음의 처마 끝에 풍경을 달고
함께 영원을 노래하고 싶은 이여
어서 어서 오시게

기쁨이 슬픔의 눈물을 닦아 주고
탄일종이 달려와 범종을 얼싸안으면
미움이 부끄러워 연꽃 속으로 숨는 곳
여기 무애원이 있네

---

* 무애원(無碍園: 충청북도 보은군 회남면 조곡2리 60 〈희망 나눔 동
   산〉)

그냥 오시게
상처받은 마음 하나 달랑 챙겨가지고
그냥그냥 오시게

무겁고 고단한 짐
훌훌 벗어놓고 가시게

황혼을 서랍에 넣으며

생의 끝자락까지
믿음의 지문으로 남아준 고마운 벗들이여! 사랑이여!
황혼이 홀로 제 그림자를 끌며 서산을 넘어가는 시각
우리들 생애의 푸른 언덕에도
어느덧 황혼이 내리고 있네

나무는 가을이 되어 잎이 떨어진 뒤라야
꽃 피던 가지와 무성했던 잎이
다 헛된 영화임을 알고
사람은 죽어서 관 뚜껑을 덮기에 이르러서야
자손과 재화가 쓸데없음을 안다는
뒤늦은 깨달음의 시간이 서서히 다가오고 있네

돈으로 맺은 인연은 돈으로 끝나고
직장에서 맺은 인연은 직장을 떠나면서 끝나고
애욕을 사랑이라고 믿었던
허망한 욕망마저도 회한으로 남고

노을로 물든 황량한 인연의 갯벌에는
버려진 폐선처럼 외로움만 누워 있네

홀로 가자니 너무 외롭고
셋이 가자니 길이 좁고
둘이 가자니 갈 사람이 없네
이것이 인생길이지만
그래도 믿음의 지문으로 남아준
소중한 사랑과 우정이 있어
쓸쓸해도 쓸쓸하지 않네

노년의 진정한 재산은 억만금의 재화가 아니라
참마음을 나눌 수 있는 우정과 사랑
새삼 간담상조의 고사가 사무치네

당송 팔대가의 한 사람인 한유는
절친한 친구였던 유종원이 죽자

다음과 같은 비문을 남겼다지

사람이란 곤경에 처했을 때
비로소 절의가 나타나는 법이다
평소에는 서로를 그리워하고
술자리를 마련해 부르곤 한다
어디 그뿐인가? 간과 쓸개를 꺼내 보이고
눈물을 흘리며 죽더라도
절대 배신하지 말자고 맹세한다
말은 그럴 듯하지만 조금이라도
이해관계가 생기면 눈을 부릅뜨고
본 적도 없는 듯 안면을 바꾼다
더구나 함정에 빠져도 손을 내밀어
구해주기는커녕 오히려 더 깊이 밀어 넣고
돌까지 던지는 인간이 세상 곳곳에 널려 있다

그렇지 이제 그런 허망한 인연일랑

더는 만들지 말아야지
떠나보내지 말아야 할 인연이나 잘 간수해야지

이 세상 어느 것도 영원히 내 것이 될 수 없고
잠시 빌렸다가 돌려주고 가는 것
이제 비우고 내려놓아야지
어떤 이념이나 흑백논리에도 더는 휘둘리지 말아야지

세상은 선과 악
정의와 불의
이념의 각축장!
존재할 수 없는 0과 100을 고집하는 세상!
40이냐 60이냐의 선택만이 있을 뿐
선해도 비교적 선하고
악해도 비교적 악할 뿐인데

빨강 녹색 파랑! 빛의 삼원색

삼원색의 꼭대기로 올라가면

삼각형의 정점이 되고

그 꼭대기를 흰색이라고 하지

반대로 삼원색이 아래로 좁혀지면서

쭉 내려가면 아무 색도 없는 흑

백과 흑은 이론으로만 가능하지

실재하지 않는 색이지

더 짙고 더 옅은 중간의 회색만이 존재할 뿐

흑백논리의 이념에 휘둘리면 이걸 못 보지

참으로 힘써야 할 일은

선과 정의를 굶주리지 않게 하는 일

선이 굶주리면 악이 되고

정의가 굶주리면 불의가 될 테니까

사랑 또한 굶주리면 미움이나 증오가 되고

신, 이제는 신에게도 휘둘리지 말아야지

어찌하여 어느 날 어떤 사람을 사랑하고
다음 날 그 사랑이 사라졌다는 걸 발견하는가
슬프게도 감정이란 아무런 이유 없이
흔적도 없이 사라지곤 하지
마음속에서 만들어지는 신 또한 그러하지

그렇다고 종교까지 부정할 수는 없지
어차피 인간은 종교적인 동물이니까
어쩌면 인간은 잘 죽기 위해 살고 있고
잘 죽기 위해 종교를 만들어냈는지도 몰라

인간은 자신들이 죽는다는 것을 아는
유일한 동물, 다른 동물들은
모든 인간은 반드시 죽는다는 진술을
이해하지 못하지
죽는 순간에만 그 사실을 깨닫지

깨어 있는 사람이라면

자신만은 예외일 거라는 착각 속에

갑자기 죽음을 당하여 발버둥 치며 끌려가는

추한 뒷모습은 보이지 말아야지

날이 저물기 전에 이쁜 마침표 하나 찍고

아름다운 뒷모습을 보이면서

홀로 제 그림자를 끌고 피안의 언덕을 넘어갈

마음의 준비를 해 두어야 하지

죽음은 두려운 게 아니지

색즉시공 공즉시색, 불생불멸 불구부정!

화엄경의 십조 구만 오천 사십 팔 자의 지혜를 빌리지 않
아도

응무소주 이생기심, 세상 어느 무엇에도 매이지 않고

마음을 내어 깨달으면

영원한 것과 아주 없음이

뫼비우스의 띠와 같다는 걸 알 수 있지
사계의 순환처럼

봄, 여름, 가을, 겨울
겨울은 반드시 봄을 앞세우고 오지
겨울의 길고 긴 계곡을 지나
피안의 언덕을 넘으면 또 다른 봄이
정녕 기다리고 있을 거야

황혼을 주섬주섬 챙겨 서랍에 넣었으니
술이나 한잔 하지
당신들이 있어 지난 계절은 행복했네
고맙네! 남은 생의
아름다운 흔들림을 위하여 건배!

제4부

그래도 할 말은 해야지*

어린양이 말여, 시냇가에서 물을 마시고 있는 디 말여,
늑대 한 마리가 호통을 쳤어.

"새파랗게 어린놈이 어르신이 먹는 물을 왜 흐리구 있냐?"
"저는 어르신보다 더 아래 있는데 어떻게 물을 흐린단 말
�씀인가요?"

할 말이 없어진 늑대는 잠시 머리를 굴리더니 다시 호통
을 쳤어.

"지금 보니 작년에 욕하고 도망간 녀석이 바로 너였구나."
"저는 작년에 태어나지도 않았는데요."

또 할 말이 없어진 늑대는 이리저리 머리를 굴리다가 더
크게 호통을 쳤어.

---

* 라 퐁텐 우화 '늑대와 어린양'과 마르틴 묄러의 보스턴 대학살 기념
  관 밖에 있는 碑文 '방관과 침묵의 대가'를 차용함.

"그렇다면 날 욕한 놈은 네 형이었구나. 네 형이 날 욕한
벌로 널 잡아먹을 테니 원망 말아라!"

나치는 처음에
공산주의자를 숙청했다
나는 공산주의자가 아니기에 침묵했다

그 다음에 유대인을 숙청했다
나는 유대인이 아니기에 침묵했다

그 다음엔 노동조합원을 숙청했다
나는 노동조합원이 아니기에 침묵했다

그 다음엔 가톨릭교도를 숙청했다
나는 개신교도였기에 침묵했다

마지막에 그들이 내게로 다가왔을 때

나를 위해 말해 줄 이가

아무도 남아 있지 않았다

뭐 느끼는 거 없어?

내 일이 아니라고 그냥 보고만 있을 건감?

다시 봄은 왔다고

눈보라 칼바람에
엎어지고 넘어지며
굽이굽이 겨울 산 넘었더니
또 다른 산야에
봄꽃들 다투어 피고 있네

아직도 벙글지 못한 봉오리들
눈에 밟히지만
다시 봄이 왔다고
모든 꽃들 한꺼번에 피어나네

젊음에게

상처 받고 넘어진 청춘들이여
어서 일어나라
일어나 다시 뛰어라

인생은 연습이다
청춘이 아름다운 건
연습장이 많아서가 아니냐

많이 넘어져 보아야
바로 서는 법을 아는 것
잔잔한 바다는 절대로
훌륭한 뱃사공을 만들 수 없는 것

포기하지 않는데
아직 끝나지 않았는데
어찌 실패가 있을 수 있나

너는 지금

삶의 더 큰 경주에서 넘어지지 않기 위해

고단한 연습을 하고 있을 뿐이다

기다림

오늘도 나는 망부석이 된
기다림을 주워 왔습니다

부처님, 예수님, 언제 오시나요 언제 당신들의 참모습을
뵐 수 있나요 언제까지 당신들을 기다리다가 망부석이 되어
야 하나요

부처님이 말씀하신다 기다림이 없는 삶은 삶이 아니다

예수님이 말씀하신다 내가 너희 앞에 나타나면 나는 이미
너희가 기다리는 부처도 예수도 아니다 나는 다만 보이지
않는 구원의 손으로 가련한 기다림들의 다비식을 올려줄 뿐
이다

부처님, 예수님, 오시기는 오시나요

오늘도 나는 기다림이 된
망부석을 주워 왔습니다

운명

당신의 눈빛이

내 가슴에 꽂혀

운명의 꽃으로

피어날 줄이야

당신의 눈 속에도

억겁의 인연이 고여

꽃 한 송이 피었네

할미꽃

외롭게 누어 있으니까 어때요?

자식도 재화도 다 부질없다는 거 인제 알겠어요?

그래도 한 철이나마 찾아와

옆에 서주니까 좋지요?

숙맥! 아직도 고맙다고 사랑한다고

그 말 한마디 하기가 그렇게 어려운가

결별

살짝 금이 갔을 때

더 쉰내 나기 전에

조용히 사막을 건널 일

아픔도 가꾸면 반짝인다

창밖의 막막했던 어둠은 이제
용서하기로 하자

전라도의 그 혹독한 겨울을 견딘
푸성귀의 이야기들은
저리도 푸르게 자라 신화가 되지 않았느냐

시간이 햇볕에 바래면 역사가 되고
달빛에 물들면 신화가 된다

너의 상처도
너와 함께하지 못했던 나의 부끄러움도
이제는 달빛으로 물들이자

촛불은 어둠을 밀어내는 것으로
제 할 일을 다 한 것이 아니냐

이제는 너의 아물지 않은 상처도

나의 비겁한 쓰라림도 함께 가꾸어야 한다

아픔도 가꾸면 반짝인다

갈대

오늘 부는 바람도 심상치 않다
광화문으로, 대한문으로
몰려드는 광풍, 두려워 마라
흔들려서 갈대다
시달려서 갈대다
그래도 바닥까지 눕지는 말자
병자년, 임진년, 기미년…
무수히 휩쓸고 지나간
미친 바람에도
상처가 훈장이 될 수 있었던 건
흔들려도 바닥까지 눕지 않고
아름답게 흔들릴 줄
알았기 때문이 아니냐
영원을 잠재우는 광풍은 없다
바람도 자고
한낮의 광기도 사라진 황혼녘
마침내 갈가리 찢긴

너의 상처는

고고한 이념의 깃발로 나부끼고

어둠은 다시

빛나는 아침을 예비하리니

공룡에게

공룡이 수십만 년 전에 사라졌다고
말하지 말라 나는 보았다
대전지방법원 304호 법정에서
대한민국에서는 죽으려야 죽을 수도 없는
거대한 공룡의 실체를 보았다
불행하게도 불행하게도를 더듬거리며
자꾸만 얼굴을 붉히는
재판장의 곤혹스런 표정 뒤에서
음험하게 웃고 있는
거대한 공룡의 모습을 보았다

예수만 부활하는 게 아니다
공룡도 부활한다
부패의 독소를 마시고
가진 자의 광폭한 이름으로 부활하여
고래 힘줄보다도 더 강한
근육의 힘줄을 자랑하며

뚜벅뚜벅 걸어서 온다
힘없는 당신들의 앞으로

이순신장군도 칼 한번 제대로 써보지 못하고
쓰러질 수밖에 없었던 공룡
동학혁명 때 가벼운 상처만 입었을 뿐
공룡은 지금 2000년대의 대한민국에서
더욱 활개를 치고 있다

공룡의 포효를 대변하는 자들이여
정의를 말하지 말라
법의 정의로운 칼날이 있다고 말하지 말라
너희들의 양심의 심장이
펄펄 살아서 다시 부활하지 않는 한
공룡은 이 땅에서 영원히 죽지 않느니

너희들은 아느냐 유신정권 때

정권 연장 수단으로 만들어진 교수 재임용제가
그동안 이 땅의 민주 교수들에게 얼마나 많은
참을 수 없는 고통을 안겨 주었는지를 알기나 아느냐
화병으로 죽고, 가족이 뿔뿔이 흩어져 노숙자가 되고
너희들이 어찌 그 참담한 고통을 알려고나 하겠느냐
하늘도 무심하지 않아
30년 만에 구제 특별법이 만들어져
309명 가운데 127명만이 겨우
너희들 비정한 재심 판결의 칼날을 피해 살아남았는데
이제 와 법이 엉성하게 만들어져 효력이 없다니
그렇다면 이 나라의 국회는 세금이나 축내는
국회의원들이 해프닝이나 펼치는 곳이란 말이냐

지금 이 땅에 빵보다 마음의 가난을
더 부끄러워할 줄 아는 이가 몇이나 되느냐
그것을 가르쳐야 이 나라가 산다, 미래가 있다
그런데 그 일에 앞장서야 할 너희들이

부패 사학재단들이 흘려주는
빵가루나 핥아먹는데 눈이 어두워
학교에 다시 돌아가 정의와 양심을 가르쳐야 할
인용된 교수들의 복직을 막고 뒷짐만 지고 있으니
한심하고 한심한 일이 아니냐
그러기에 너희들을 가리켜
아프리카 식인종들도 코를 막고 돌아서는
부패한 통조림이라고 냉소하지 않느냐

공룡아! 공룡의 앵무새들아! 잘 들어라!
언젠가는 너희들이 휘두르는 칼에
너희들의 사랑하는 사람들이
비참하게 쓰러지는 것을 바라보며
이는 이로, 눈은 눈으로
앙갚음을 당하는 것이 하늘의 이치라는 것을
처절하게 깨달을 날이 반드시 올 것이다

아가야, 어서 오너라

아가야, 어서 오너라
네가 태어날 한반도는
그렇게 슬픈 곳만은 아니다

사랑을 외치면서도 사랑할 줄 모르고
용서를 외치면서도 용서할 줄 모르는
교회만 많이 있는 게 아니다
더러는 사랑의 모음만 모아
종을 울리는 교회도 있다

저녁때가 되어도 굴뚝에 연기가 오르지 않는
이웃집의 끼니를 걱정하는
착한 이도 아직은 많이 있다

네가 삶의 신열을 앓고 있을 때
정화수 한 그릇 떠놓고
너를 위해 빌어 줄 어머니들이

한반도에는 아직 많이 있다

반도 남쪽의 사내아이야
무엇보다 기뻐할 것이 있다
반도의 북쪽에도
고단한 생의 반나절을 방황하다가
힘없이 돌아왔을 때
따뜻한 눈길로 너를 맞아들여
무릎베개에 너를 누이고
상처받은 너의 손톱을 깎아주며
사랑해서 행복하다고 속삭여 줄
착한 계집아이가 너를 기다리고 있다

지금은 모진 세월에 찢겨
서로 나뉘어 신음하고 있지만
이만하면 한 세상 사랑하다가
그리운 이의 가슴속에 마침표 하나 찍고

웃으며 돌아설 만한

넉넉한 땅이 아니냐 이 한반도

잔인한 봄

보리밭에서, 밀밭에서, 물레방앗간에서
안 돼요, 안 돼요… 버티다가
돼요, 돼요, 돼애욧, 허물어졌어도
아니면 보쌈 당했어도
정들어 새끼 낳고 잘 살아
뭣이 찢어지게 가난한 살림
번듯한 집구석 만들었는데
저 산에 들꽃들도 눈 맞아
즈들끼리 저렇게 잘도 붉는데

할 일 많은 국가가
언제까지 하수구 관리나 하면서
변종 꽃뱀 바이러스나 양산할 거냐고
더럽다고 도회의 하수구 막으면
어떻게 되느냐고
앙드레 지드 쯧쯧, 혀 차는 소리
안 들리느냐고

아래 입으로 벌어서
위 입을 먹여 살릴 수밖에 없는
가련한 꽃들은 피켓 들고
광화문 광장에서, 청와대 앞에서
아우성, 아우성이고

억울한 나비들은
이유여하 불문곡직 성추행 성폭행으로 몰리면
지위고하 나이고하 공소 시효 상관없이
소급 적용되어 졸도 아니면 사망인데
참회와 용서의 백신 언제 나올지 모르는데
눈 뒤집혀 환장한 놈 아니고서야
어디 마음에 드는 꽃한테
윙크 한번 제대로 할 수 있겠느냐고
삼삼오오 쑥덕공론이고

출산율 떨어져 이러다 나라 거덜 나겠다고

나발 불어대는 나팔수를 향해

그러게 사회적 거리 두기도 정도껏 해야지

이건 부동산 규제 실패보다 더한

졸속 땜질 포퓰리즘 아니냐고

제 발등 찍고 또 찍기

언 발에 오줌 누기 아니냐고

답답한 꽃과 나비들 속내 드러내 합창이고

먼 나라에서는

트럼프 패 잘못 돌려 다 털리고

몽니 부린 코로나19 정책으로

나라 부도나게 생겼다는 소문

들려오고 또 들려오고

물구나무서기 한 수상한 봄은

배꼽 내놓고 슬금슬금 눈치 없이 다가오고

그래, 어쩌란 말이냐

아무 해결책도 없는

불쌍한 꽃과 나비들은 언제까지

오 형제 신세나 지면서

신세 한탄 하란 말이냐

상어한테 물려 거시기가 없어진 남편을 쓸어안고

"인제 살어두 못 살어! 살어두 못 살아아앗"

서산댁 통곡하는 소리 안 들리느냐

귀하신 꽃과 나비들은 몰래몰래

눈치껏 별식 샛밥도 잘도 챙겨 먹는데

그래, 느그들은 밥만 처묵고 살것드나

저자 산문·시인의 말

비틀거리는 한국 서정시의
정체성을 묻는다

1

"어떤 글을 읽다가 머릿속이 하얗게 된 적이 있었다. 우리 고전 시가에도 서정시가 있다는 문장에서였다. 왜 이러시나 싶었다. 좀 과장해서 말하자면, 그 글 속에는 구석기 유적을 발견하여 일본에 디미는 듯한 득의만면까지 있었다."

우수 계간 문예지로 야심차게 재출발한 어느 문예지의 권두언 서두 부분이다. 꽤 이름이 알려진 그 필자는 "시에 감정이 실리면 무조건 서정시인데 왜 서정시 타령인가"라고 하며, 진부하리만치 장황한 논리를 전개하면서, "서정시가 근대의 요청이었듯, 그 서정시를 폐기하는 것도 이 땅과 오늘의 명령이다."라는 주장을 편다. 선결문제의 오류(허수아비공격의 오류)의 우를 범하지 않기 위하여, 진부하고 장황하지만, 먼저 그 글의 핵심을 재정리한다.

그의 주장대로, 지금 우리가 사용하는 서정시(抒情詩/敍情詩)는 19세기 서구 용어인데, 예전부터 내려오던 것을 괴테가 언급하고 헤겔이 확장시켰다. 괴테는 문학의 진정한 형식을 '❶ 분명하게 말하는 것, ❷ 열광적으로 감동하는 것, ❸ 몸소 행동하는 것'으로 나누고 각각 '서사, 서정, 드라마'라고 명명했다. 헤겔도 이를 받아들여 시문학을 '서사시, 서정시, 극시(희·비극 포함)'라는 세 장르로 나누었다. 헤겔은 특히, 괴테가 말한 '열광적으로 감동하는 것'을 '주관적인 말하기로서, 내면적인 것을 강조하는 것'으로 정리했다. 다시 말해, 주체가 외계를 내면으로 받아들여 '막연한 감정을 눈에 보이게 나타내는 것'(『미학강의』)으로 규정했다. 이처럼 서정시의 주체는 체험의 순간을 시적으로 표현한다는 것을 전제로 하여 기존의 서정 개념에 획을 그었다.

그러나 시대는 변했고, 그때의 서정시는 오래 전에 경계선 너머로 사라진 에피스테메이며, 변한 세상은 관계성, 연기설(緣起說)을 중시하는 생물학적 세계관이 주류를 이루고 있다는 것이다. 부연하자면, 프랑스 대혁명과 그 전후로 부각된 시민사회의 모순은 현실에 대한 실천적 관심을 고조시켰고, 적어도 그때의 서정시는 신적(神的) 질서에 맞서려는 시대정신이라는 것이다. 그런데 지금은 그런 시대도 흘러갔고, 신 대신 우주의 중심에 자리했던 '주체(자아)'의 통치도 복년(卜年)이 다한 지 이미 오래라는 주장이다.

그러면서 시에서 시인을 분리하는 자체가 무모하고, 시

인 역시 평범한 인간이기 때문에 그가 결합한 자모음 역시 한계를 지닌 부호이며, 글쓰기는 창작(창조)이 아니라 흔적 밟기에서 파생한 '재창조와 해석'에 지나지 않는다는 것이다. 또한 그는 기존의 서정시를 폐기해야 하는 이유를 다음과 같이 강변한다.

독자들도 지적 보편화에 따라 성향이 다른 전문가 집단이다. 당연히 시인은 더 이상 세계의 주인(중심)일 수 없다. 그런 시인이 행한 세계(객체)의 주체화는 편견이요 망상이다. 이런 엄연한 사실 앞에서도 이 땅의 서정시 사랑은 종교 현상 같다. 세상이 시보다 더 시적인데도, 모두 '상상력, 순수, 관조'라는 근대 미학을 계명 삼아 고해성사(자아 찾기)에 임한다. 음풍농월의 전통에다 유아독존(唯我獨尊)까지 보태, 고상하고 고고한 매무새를 연출하느라 여념이 없다. 한 켠에선 자폐증 심화 현상이, 소통을 기본으로 하여 언어 질서를 교란하고 있다.[*]

이상과 같은 그의 주장에 많은 부분 동의하면서도, 한편으로 의구심을 떨쳐버릴 수 없다.

"늦었지만 이제는 새로운 시 쓰기를 해야 할 때다. 그러기 위해서는 서정시, 서사시, 극시라는 우리와 어울리지 않

* 『문학저널』 2021. 봄호(통권 199호) 18쪽~23쪽

는 분류법, 그 서정시 개념에서부터 벗어나야 한다. 우리 문화, 우리 삶은 서구의 부유물일 수 없다"는 그의 원론에 입각한 지론에는 동의한다.

어떤 형태의 문화이건 새로운 외래문화가 유입되면 자생적 요소로서의 전통문화와 혼류되면서 전통의 지속 내지는 변이의 과정을 거쳐 좀 더 발전적인 문화를 형성하기 마련이다. 문학도 그렇다. 그런데 지금까지 한국의 근대 문학 내지 현대 문학을 논해오면서, 학자들은 자생적인 전통의 지속적 측면에서보다 외래(서구) 문학의 모방이 아니면 이식(移植)이라는 측면으로만 대부분 시각을 돌려왔던 것이 사실이다. 아무리 독창적인 예술가의 창작도 다소간에 전통에 의거하고 인습적인 형성인자(形成因子)를 포함하게 된다. 이 요소가 자각하지 못하는 사이에 조장되어 예술의 개성적 창조성을 몰각하고 표현의 내적 필연성을 잃을 경우에는 나쁜 의미의 인습(convention)의 폐가 생겨난다. 그리하여 예술 혁신 운동은 전통에 대한 반역의 형태로서 나타나게 되고, 새로운 시대의 예술 인식을 가지고 전래의 형식을 타파하려 한다.

그러나 분명한 것은 전통에 뿌리를 내리지 못한 예술은 그것이 아무리 우아(優雅)를 가장해도 가화(假花) 이상의 가치를 갖지 못한다. 민족적 전통을 중시하는 '부르제(P.Bourget)', '보로도(H.Brodeaux)', '바레스(A.M.Barras)', '모라스(C.Maurras)', '엘리엇(T.S.Eliot)' 등의 대표적인 전통주의 작가들의 지론 역시, 예술적인 창조도 조상으로부터 풍부한 정신적 유산을 이어받은 뿌리 깊은 역사의 힘에 의거하지 않으면 그 나라의 예술은 건전한 발전을 할 수 없다는 데 근거하고 있다. 때문에 자기 문학의 열패감에서 기인한 "우리 고전 시가에도 서정시가 있다는 문장을 보고" 머릿속이 하얗게 되었다는 그의 경기(驚氣)(?)에 공감하게 되는 것이다.

또한 "시인 역시 평범한 인간이기 때문에 그가 결합한 자모음 역시 한계를 지닌 부호이며, 글쓰기는 창작(창조)이 아니라 흔적 밟기에서 파생한 '재창조와 해석'에 지나지 않는다."는 지론에도 전적으로 동의한다. 아리스토텔레스의 모방 충동설에서 근원한다고도 할 수 있는 예술작품은 텍스트 자체가 '모방의 충동에서 기인한 재창조와 해석'의 결과이다.

작품은 본래 그 속성이 두 번의 창작 과정을 거친다. 작가는 제1창작자이고 독자는 제2창작자이다. 작자가 자신의 작품에서 A의 내용을 독자에게 전달하려고 글을 썼어도 독자는 그것을 자신의 경험과 지식을 토대로 A나 A+π, A-π로 재창조해 받아들인다.

평론가도 독자의 한계를 벗어날 수 없다. 따라서 작자의 의도와는 달리 엉뚱한 방향으로 작품을 곡해해 작자의 눈살을 찌푸리게 하는 경우도 비일비재하다. 오죽하면 도스또예프스키가 "비평가는 쇠파리와 같이 작자에게 귀찮게 기생하는 존재"라고 했겠는가. 실제로 몇 가지 사례를 들

수 있다.

세간에 알려진 것처럼,『안나카레리나』는 톨스토이가 실패작이니 사장시키라고 한 작품인데 세기의 명작으로 많은 독자를 가지고 있다. 허만 멜빌의『백경』이나 에밀리 브론테의『폭풍의 언덕』은 작자의 생전에는 인정받지 못하다가 사후에 명작의 반열에 오른 작품이다. 김승옥의「무진기행」역시 그런 후일담을 가지고 있는 소설이다. 이상의 시도 한정적이지만 이 예에 속할 것이다. 어차피 인간은 제 마음의 시력 만큼밖에 볼 수 없다. 따라서 삶이 새로워지고 고양되려면 마음의 시력을 높여야 하는 것처럼, 시도 새롭고 깊이 있는 양질의 시가 되려면 대상을 사유하는 마음의 시력을 높여야 한다.

그러하기 때문에 "세상이 시보다 더 시적인데도, 모두 '상상력, 순수, 관조'라는 근대 미학을 계명 삼아 고해성사(자아 찾기)에 임한다."는 그의 비판에는 선뜻 동의할 수 없다. 특히 '관조'를 부정하면서 "대상은 대상 자체가 아니라 주체의 '의지의 표상'"이라는 지론은 아리송하기만 하다. 나의 일천한 식견에 의한 곡해가 아니라면, 이율배반적인 혐의까지 부정하기 어렵다. "철학의 구극적 경지는 시인의 마음으로 세계를 관조하는 것이다."라는 '하이데거'의 말을 되새겨보라고 권하고 싶다.

서정성을 운율을 지닌 '정조(情調)와 화음'에서 찾은 에밀 슈타이거의 논리를 부정하는 것으로 인식되는 그의 새로운 서정시에 대한 지론도 찬동하기 어렵다. 어쩌면 그의 논리는 소위 문학의 3요소라고 일컬어지는 '사상, 정서, 상상' 가운데 제일 중요시 되는 '정서' 자체를 부정하려는 게 아닌가 하는 의구심마저 든다.

정서, 곧 서정은 단지 문학뿐만 아니라 모든 예술의 기반이다. 정서(emotion)는 그 어원이 '운반하다, 나르다'의 서정적 교감(交感)이다. '시어'를 단순한 의미를 지시하고 전달하는 '일상어'와 구분 짓는 것도, 그 기본 척도는 이 정서의 함유와 비함유의 차이에서 비롯된다. 아무리 서정시의 틀을 깨뜨리고 새로운 서정시를 추구한다고 하더라도 동의하기 어렵다. 진부하지만, 나의 생각의 정당성을 확보하기 위해서 몇 사람의 간략한 지론을 논거로 제시한다.

"사람들이 자기 자신을 위해서 쓴다고 생각하지 않습니다. 누군가 다른 사람에게 무언가를 주기 위해서 글을 쓰는 것이지요. 그리고 다른 사람들과 감정을 나누기 위해서지요. 저는 글쓰기는 사랑의 행위라고 생각합니다."

〈움베르토 에코〉

"치열한 전쟁 중에서 잠시 투구를 벗어놓고, 작은 성당에서 하느님께 눈물 흘리며 감사의 기도를 드리던 그 시간이 내 삶의 가장 행복한 시간이었다."

〈나폴레옹의 간증〉

하나만 더 명언을 첨언하자.

"사람들은 글자 있는 책만 읽고 글자 없는 책은 읽지 못
하며, 줄 있는 거문고는 뜯어도 줄 없는 거문고는 뜯을 줄
모른다. 형태 있는 것만 쓸 줄 알고 그 정신을 모르나니
무엇으로 책과 거문고의 참 맛을 얻으랴."

〈채근담〉

하지만, 줄 없는 거문고를 뜯으려면 줄 있는 거문고 뜯는
법부터 익혀야 하지 않을까? 기본 스텝도 익히지 않은 춤
꾼이 어떻게 무형문화재의 명 춤꾼이 될 수 있겠는가?

서정시가 새로워지는 것은 바람직하다. 서정의 낡은 틀
을 부수고 바람직한 탈 서정의 활로를 모색하는 것은 극히
자연스러운 일이다. 그러나 자폭에 가까운 질주의 파격은
자칫 궤도 이탈의 위험성을 배제하기 어렵다. 과거 십여 년
전 어느 한 시기 괴팍한 비유, 강퍅한 이분법적 화법의 시
가 유행처럼 번져 한국시를 기형으로 만들었던 일을 되돌
아볼 필요가 있다. 다행히 요즘에는 그런 광란의 질주를 멈
추고, 매우 일상적이면서도 삶의 면면을 탐색하면서 시의
본래성에 안착하는 시들이 많이 나와 미래의 한국시가 건
강하게 새로워지리라는 기대를 갖게 한다.

그런 의미에서 평자에 따라 다를 수는 있으나, 나태주

118

와 정호승의 서정시를 반면교사로 삼을 필요가 있다. 그들
의 시가 어떻게 현대시에서 멀어진 대중에게 가깝게 다가
갈 수 있는가는 굳이 사족을 붙이지 않아도 될 것 같다. 정
신적인 기품을 높이면서 대중에게 사랑받는 새로운 서정시
를 모색하는 길을 떠나면서 '정서(서정)'를 동반하지 않는 것
은, '줄 있는 거문고도 뜯을 줄 모르는 사람이 줄 없는 거문
고를 뜯으려는 망상'이 아닌지 자문하고 싶다.

2

개도 아름다운 음률을 흉내 낼 줄 알면 시인 행세를 하는
세상이 되어버렸다. 어찌 시뿐인가. 짝퉁 문인은 지금도 함
량 미달의 수많은 문예지를 통해, 선거철에 우후죽순으로
난립하는 정당에서 세 불리기에 혈안이 되어 양산하는 당
원처럼, 코로나19 바이러스인 듯 문단을 혼탁하게 오염시
키고 있다. 오죽하면 지하철 안에서 "김시인!" 하고 부르면
서너 명이 바라본다는 말까지 생겨났겠는가.

그런데 평생을 이러한 문단의 관행을 부정하고 살아온
처지에, 새삼스럽게 시인의 반열에 끼어보겠다고 시집을
묶어내는 것은 결코 아니다. 반세기에 가까운 세월을 휴업
상태로 있다가, 뒤늦게 묵은 소설 원고들을 불러내 한 권
한 권 책으로 엮어내고 있는 작업의 과정처럼 주위의 권고

도 있고 하여, 그동안 써둔 시편들 가운데 독자에게 쉽고 편하게 다가갈 수 있는 것들만 골라 엮어 선을 보인다. 어찌 되었거나 머쓱한 기분이다.

시든 소설이든 문학 작품은 그 속성이 직·간접으로 결국은 작자 자신의 이야기일 수밖에 없다. 그러니만큼 이 시집에 수록된 시편들은 거개가 내 삶의 과정에서 겪고 느끼고 보아온 상흔의 편린이며, 황혼의 변주곡이다. 따라서 이 시집에 수록된 시편들은 거의가 이백이나 김병연의 그것처럼 현상이나 현실에 직면하여 즉흥적으로 쓴 것이 대부분이다.

특히 제1부 사랑을 테마로 쓴 몇 편의 시는 누군가를 기다리면서, 애달파하면서, 그리워하면서 직조된 것들이다. 누구나 한 생을 살면서 누군가를 사랑하고, 헤어지고 애달파하고 그리워하고, 다시 또 사랑하고, 또 다른 사랑에 흔들리면서 삶을 이어간다. 사랑은 삶을 영위해 가는 주요 영양소다. 사랑의 영양소가 결핍되면 그 삶은 허약하고 풀기가 없다. 사랑은 삶의 영원한 테마이다. 그래서 롤랑 바르트도 "사랑, 그 말은 수많은 사람들이 사용해서 닳고 닳은 낡은 말이다. 그러나 사람들은 그 낡은 말을 자신들의 사랑에 새롭게 적용한다"고 했는지 모른다.

　　이승에서 다시는
　　허망한 집 짓지 말자고
　　혀 깨물었는데

어느새 내 가슴 속
둥지 튼 당신

바람 부는 날
오늘도 불면의 밤이네

—「바람 부는 날」 전문

마음은 춥고
기다리는 사랑은 배달되지 않은 날
진눈깨비나 맞으며
진부령 황태 집으로 가라

어둠이 짙어가는 진부령 황태 집 창가에 앉아
대책 없이 쏟아지는 눈발을 바라보며
황태탕에 소주 한 병 시켜놓고
마지막 열차를 기다리듯
남은 사랑을 기다려라

창밖의 눈발은 싸락눈으로 변해
싸락싸락 내리고
지상은 주님의 은총으로
마음 따뜻해지고 좀 넉넉해졌을 때

황태에게 물어보아라
생은 왜 이렇게 추운 날이 많으냐고

황태는 대답할 것이다
예수처럼 죄 없이 덕장에 매달려 있다가
질긴 인연으로 너의 밥이 된 황태는
염화시중의 미소를 지으며 대답할 것이다

씨잘 데 없는 노가리 까지 말고
어서 뜨거운 국물이나 마셔라
이는 너를 위하여 흘린 내 피니라
어서 살점이나 뜯어먹고 기운 차려라
이는 너를 위하여 내어주는 내 몸이니라

그렇다 이제는 너도 남은 사랑을 위해
아주 진부령 황태가 되어야 한다
　　　　　　　　　—「진부령 황태집에서」전문

　　그러나 아무리 "남은 사랑을 위해 아주 진부령 황태"가 되
고 싶어도 사랑은 라이나 마리아 릴케의 말처럼 "사랑이여,
어느 때 내게로 왔는가", 탄식처럼 그렇게 왔다가, "번개가
천둥을 데리고/지상에 내려와/벼락을 때려/생가지를 찢어
놓듯이/사랑은/그렇게 (…하략…) (김용택,「畢竟」)" 왔다 간다.

순교적 사랑이 아니면, 사랑의 영원성은 부재한다. 장황하지만 두 예화를 들자.

　　어느 날 장자가 산에 산책을 나갔다가 아주 슬픈 낯으로 돌아왔다. "어찌하여 그리 슬픈 표정을 하고 계십니까?"하고 제자들이 묻자 장자는 이렇게 대답하는 것이었다.

　　산책길에서 새 무덤 앞에 꿇어 앉아 부채질을 하고 있는 상복을 입은 부인을 만나서 왜 그러고 있느냐고 물으니까 그 부인이 짜증을 내면서 "저는 사랑하는 남편에게 그의 무덤이 마르기 전에는 재혼을 하지 않겠다고 약속했어요. 그런데 이 고약한 날씨 좀 보세요."하고 잔뜩 찌푸린 하늘을 가리키더라는 것이었다.

　일찍이 〈에페수스〉에는 정숙하기로 소문이 난 부인이 있었는데, 남편이 세상을 떠나자 슬픈 나머지 망부亡夫의 묘 앞에 앉아 오랫동안 울고 있었다. 한편 그 묘 옆에는 사형된 시체의 도난을 방지하기 위하여 병사가 지키고 있었다. 병사는 울고 있는 여인 곁에 가서 그녀의 불행을 위로하였는데 두 사람은 모르는 사이에 사랑에 빠지게 되었다. 두 남녀가 밀회를 하는 사이에 병사가 지키고 있던 시체를 가족에게 도난당하고 말았다. 병사가 크게 낙심하여 고뇌에 빠지자, 여인은 망부의 유해를 발굴하여 죄인의 시체 대신 십자가에 매달아 놓도록 권하였다.

어떻게 보면 사랑은 결국 자아로의 귀환이고, 그 노정이다. 환상을 상대방에 투사해 놓고 황홀해하다가 그 환상이 깨지면 상심한다. 그러면서 삶이 원숙해지고 깊어지며, 더 단단해진다.

> 길에서 당신을 이별하고
> 길을 찾아 헤매다가
> 이별할 수 없는 나를 만났네
>
> 지구의 어디쯤에서
> 오늘 밤도
> 상심한 별들은
> 이별할 수 없는 저를 쓰다듬고 있겠지
>
> —「길에서」 전문

제2부의 시편들은 새해가 되면 다시 새롭게 시작하려는 욕구가 소생하듯이 삶의 여정에서 얼룩진 의식을 정화하려는 욕망의 표백들이다.

인간의 의식은 의식과 무의식으로 나뉜다. 이 의식에 투사(投射)되는 리비도의 흐름을 평면적으로 도식하면 다음과 같다.

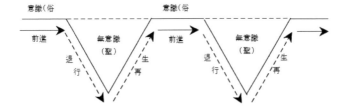

　위의 도식을 보면 리비도의 흐름은 일정한 간격을 두고 퇴행을 이루면서 하나의 규칙적인 파동을 만들고 있다. 여기서 의식의 전진이 이루어지고 있는 것은 세속적이고 현실적인 공간이고, 점선으로 함몰된 퇴행적 시공(時空)은 초속적(超俗的)인 시간과 공간을 나타내고 있다. 즉, 의식은 코스모스(cosmos)의 영역이요, 무의식은 카오스(chaos)의 영역이다. 신화적 설명을 붙이자면 세속적인 시간을 소거(消去)하고 정화(淨化)하여 저 아득한 태초의 우주창성적(宇宙創成的) 미분화의 시간과 공간을 재현하려는 욕망이 인간의 의식 속에 잠재되어 있다. 인간의 의식 속에서 속화(俗化)된 삶은 성(聖)의 영역인 무의식 속에서 정화되고, 속화되면 또 다시 정화되는 순환의 질서 위에 놓이게 된다.

　시의 창작도, 속의 세계에서 파생하는 현실의 온갖 고뇌를 초월하여 시간과 공간이 미분화되어 있는 성의 세계인 카오스로 회귀하려는, 존재론적 심리 현상에서 기인하는 것이 아닐까 한다.

제3부는 시나브로 저물어가는 피안의 언덕을 바라보며
묵상하는 중얼거림이다. 어떻게 생각하면 삶은, 특별한 삶
이 아니면, 거의가 지루한 반나절로 채워지는 것인지 모른
다. 논어 태백편(泰伯篇)에 '새는 죽을 때가 되면 울음이 구
슬프고, 사람은 그 말이 선해진다.'고 하는데, 한 생을 살며
구겨지고 더럽혀진 말들을 빨아서 정리하는 심경. 아직 다
저물지 않은 남은 생을 아름답게 채색하고 싶은 욕망의 탈
색, 적확한 표현인지 모르나 심경의 저변은 그렇다.

한때 찬란했던 꽃이여, 사랑이여
이제 지난 계절은 잊기로 한다

여기, 천둥과 먹구름 속에
생이 더 단단해져
완숙한 사랑의 지문으로 누워 있는
낙엽들을 보아라

온 산야에 누운 홍엽은
떨어져 추하게 시드는
봄꽃보다 오히려 아름답지 않은가

흘린 사랑의 음표를 줍듯
낙엽을 쓸어 모아 불을 지핀다

소천하는 아름다운 넋에 향을 사른다
                              —「낙엽을 태우며」 전문

그렇지 이제 그런 허망한 인연일랑
더는 만들지 말아야지
떠나보내지 말아야 할 인연이나 잘 간수해야지

이 세상 어느 것도 영원히 내 것이 될 수 없고
잠시 빌렸다가 돌려주고 가는 것
이제 비우고 내려놓아야지
어떤 이념이나 흑백 논리에도 더는 휘둘리지 말아야지

          (…중략…)

인간은 자신들이 죽는다는 것을 아는
유일한 동물, 다른 동물들은
모든 인간은 반드시 죽는다는 진술을
이해하지 못하지
죽는 순간에만 그 사실을 깨닫지

깨어 있는 사람이라면
자신만은 예외일 거라는 착각 속에
갑자기 죽음을 당하여 발버둥 치며 끌려가는

추한 뒷모습은 보이지 말아야지

날이 저물기 전에 이쁜 마침표 하나 찍고
아름다운 뒷모습을 보이면서
홀로 제 그림자를 끌고 피안의 언덕을 넘어갈
마음의 준비를 해 두어야 하지
　　　　　　　　　　　―「황혼을 서랍에 넣으며」부분

　제4부의 시편들은 그동안 살아오면서, 사회의 제반 문제들과 부딪치고 갈등하면서 고뇌할 수밖에 없었던 일들에 대한 소회를 피력한 것들이다.

　포크너는 소설을 "자기 자신과 갈등을 일으키는 인간의 마음"에 대해 쓰는 것이라고 정의한다. 시도 다를 것이 없다. 거창하게 사르트르의 '앙가주망'을 들먹일 것도 없이 쓴다는 자체가 그 정도의 차이는 있을지 모르나, 현실 참여가 아닐 수 없다. 다만 지식인 내지는 시인의 참여는 정치가의 현실 참여와는 다르고, 달라야 한다. 움베르토 에코는 "오늘날의 지식인들도 사르트르나 푸코 시대에 그랬듯이 정치적인 책무라는 개념에 헌신하고 있다고 생각하십니까?" 라는 질문에 다음과 같이 답한다. 그의 다음 답변에 사족을 붙이지 않기로 한다.

　지식인은 현재가 아니라 미래에 관해서만 진실로 유용

하다는 것이 핵심입니다. 당신이 극장에 있는데 불이 났다면 시인은 의자 위로 올라가서 시를 암송해서는 안 됩니다. 지식인의 기능은 미리 어떤 일을 얘기해주는 것입니다. 즉, 극장이 오래 되고 낡았으면 그 사실에 관심을 기울이는 것이지요. 시인의 말은 예언적인 호소문의 기능을 갖습니다. 지식인의 기능은 '우리가 이 일을 당장 해야 합니다.'가 아니라, '우리는 이 일을 당연히 해야 합니다.'라고 하는 것입니다. 현재 당면한 일을 하는 것은 정치가의 일이지요. 토머스 모어가 상상한 유토피아가 혹시 현실화된다면 그 나라는 스탈린적 사회가 될 것이라는 사실은 의심의 여지가 없습니다.

나치는 처음에
공산주의자를 숙청했다
나는 공산주의자가 아니기에 침묵했다

그 다음에 유대인을 숙청했다
나는 유대인이 아니기에 침묵했다

그 다음엔 노동조합원을 숙청했다
나는 노동조합원이 아니기에 침묵했다

그 다음엔 가톨릭교도를 숙청했다

나는 개신교도였기에 침묵했다

마지막에 그들이 내게로 다가왔을 때
나를 위해 말해 줄 이가
아무도 남아 있지 않았다
　　　　　　　—「그래도 할 말은 해야지」 부분

　요즘 가장 요란한(?) 사회문제로 대두된 것이 '성폭력'이다.
뜨거운 감자가 된 이 화두는 조심스럽지만 진지하게 생각해
볼 필요가 있다. 다음의 시는 그런 맥락에서 쓴 시이다.

　　보리밭에서, 밀밭에서, 물레방앗간에서
　　안 돼요, 안 돼요… 버티다가
　　돼요, 돼요, 돼애욧, 허물어졌어도
　　아니면 보쌈 당했어도
　　정들어 새끼 낳고 잘 살아
　　뭣이 찢어지게 가난한 살림
　　번듯한 집구석 만들었는데
　　저 산에 들꽃들도 눈 맞아
　　즈들끼리 저렇게 잘도 붉는데

　　할 일 많은 국가가
　　언제까지 하수구 관리나 하면서

변종 꽃뱀 바이러스나 양산할 거냐고
더럽다고 도회의 하수구 막으면
어떻게 되느냐고
앙드레 지드 쯧쯧, 혀 차는 소리
안 들리느냐고
아래 입으로 벌어서
위 입을 먹여 살릴 수밖에 없는
가련한 꽃들은 피켓 들고
광화문 광장에서, 청와대 앞에서
아우성, 아우성이고

억울한 나비들은
이유여하 불문곡직 성추행 성폭행으로 몰리면
지위고하 나이고하 공소 시효 상관없이
소급 적용되어 졸도 아니면 사망인데
참회와 용서의 백신 언제 나올지 모르는데
눈 뒤집혀 환장한 놈 아니고서야
어디 마음에 드는 꽃한테
윙크 한번 제대로 할 수 있겠느냐고
삼삼오오 쑥덕공론이고

출산율 떨어져 이러다 나라 거덜 나겠다고
나발 불어대는 나팔수를 향해

그러게 사회적 거리 두기도 정도껏 해야지
이건 부동산 규제 실패보다 더한
졸속 땜질 포퓰리즘 아니냐고
제 발등 찍고 또 찍기
언 발에 오줌 누기 아니냐고
답답한 꽃과 나비들 속내 드러내 합창이고

먼 나라에서는
트럼프 패 잘못 돌려 다 털리고
몽니 부린 코로나19 정책으로
나라 부도나게 생겼다는 소문
들려오고 또 들려오고

물구나무서기 한 수상한 봄은
배꼽 내놓고 슬금슬금 눈치 없이 다가오고

그래, 어쩌란 말이냐
아무 해결책도 없는
불쌍한 꽃과 나비들은 언제까지
오 형제 신세나 지면서
신세 한탄 하란 말이냐
상어한테 물려 거시기가 없어진 남편을 쓸어안고
"인제 살어두 못 살어! 살어두 못 살아아앗"

서산댁 통곡하는 소리 안 들리느냐

귀하신 꽃과 나비들은 몰래몰래
눈치껏 별식 샛밥도 잘도 챙겨 먹는데
그래, 느그들은 밥만 처묵고 살것드나

—「잔인한 봄」전문

　1987년에 영국 수상이었던 대처는 어느 인터뷰에서 "사
회 같은 것은 없다. 실재하는 것은 남자들과 여자들의 살아
있는 〈태피스트리〉다. 우리의 삶의 질은 서로가 자신에 대
해 얼마나 책임질 준비가 돼 있느냐에 좌우될 것이다"라고
말했다. 그렇다. 그녀의 말대로 인간 사회는 남자와 여자의
날줄과 씨줄로 무늬를 놓은 양탄자이다. 이 양 성(性)이 잘
조화를 이루어 짜일 때 아름다운 〈태피스트리〉가 가능하
다. 그러려면 먼저 남녀의 육체적 관계를 뜻하는 성이 어떤
것인가를 숙고해 보아야 한다.
　인류 문화사적 관점에서 볼 때 성은 여성들의 생존 전략
에서 남성들에게 미끼로 변용되기 시작했다. 과거의 인간
들은 매우 약한 존재였고, 다른 동물들의 먹잇감에 불과했
다. 당시에는 인간들도 다른 동물들과 마찬가지로 남녀가
성관계 후 아이가 태어나면 남성은 떠나고 여성이 홀로 아
이를 키웠다. 맹수가 공격할 때 한 손으로 아이를 감싸 안

고 방어하자니 아이와 자신의 생명을 온전히 보전하기가 어려웠고, 인간 '여성'들은 이를 해결하고자 본인 및 자녀의 안전을 지킬 수 있는 방법을 고민하지 않을 수 없었다. 그러면서 자신과 자녀를 적극적으로 지켜줄 수 있는 존재가 바로 '남성'이라는 걸 깨닫게 됐다. 여성들은 성관계 후 바로 떠나는 남성들을 어떻게 하면 자기들 곁에 붙들어 둘 수 있을까 생각했다. 그 결과가 바로 성행위를 통해 남성들에게 쾌락과 즐거움을 주는 것이었다. 이런 전략은 매우 효과적이었고, 남성들은 이 즐거움을 포기하지 못하고 여성들 곁에 남게 되었으며, 이런 행위에 우수한 여성은 살아남았고 능력이 부족한 여성은 후손에게 DNA를 남길 기회를 잃어버렸다. 이런 상황이 세대를 거쳐 강화된 것이 현재의 여성이다.

이는 몇 가지 사실로도 입증이 가능하다. 첫째, 인간과 같은 부류인 영장류 전체를 분석해 봐도 성관계 시 인간 '여성'과 같은 오르가즘을 느끼는 다른 영장류는 없다. 그리고 임신 전 여성에게는 '큰 가슴'이 필요 없다. 왜냐하면 자녀를 먹일 필요가 없기 때문이다. 그러나 자녀가 없는 인간 여성들은 다른 영장류와 달리 매우 큰 가슴을 가지고 있다. 이는 단지 성적인 어필을 하기 위해서다. 또, 후손 생산을 위해서가 아닌 단지 '쾌락'을 위해서 성관계를 하는 것은 오직 인간뿐이다. 남성을 붙잡기 위한 여성들의 생존 전략의 대표적 사례라고 할 수 있다.

'미투'도 그 속내를 들여다보면 이런 여성들의 생존 전략에서 비롯된 것이 적지 않을 것이다. 그런데 그 진실은 자세히 살피지 않고, 본능적으로 능동적일 수밖에 없는 남성의 성을 마녀사냥 식으로 단죄하는 것은 분명 문제가 있다. 물론 용서받을 수 없는 성범죄는 극형으로 단죄해야 마땅하다. 그러나 분명한 것은, 양 성의 특성을 고려하지 않은 편 가르기 식의 일방적인 단죄는, 우리 사회를 자칫 조잡한 〈태피스트리〉로 만드는 어리석음을 범할 가능성이 있다.

마당 쓸고 사립문 열며

"어떤 시기, 예를 들면 열다섯이나 열여섯 살 때 시란 자위행위나 마찬가지다. 하지만 훌륭한 시인은 초기 시를 불태워버리고, 별 볼 일 없는 시인은 초기 시를 출판한다."

위 움베르토 에코의 말을 상기하며
주위의 채근과 권고로
아직 낙엽이 머물고 있는 후원에
짚방석 깔고
시 한 수 걸고
손님 맞을 준비를 한다.

어느 시객이 들러
마음 부비고 갈지
조금은 설렌다.